Autor: Catherine Rambert
Ilustraciones: Fabienne Gallois
Traducción: Gerard Jacas
Coordinación y adaptación: Aurelia Vigil
Edición: Meritxell Noguera
Producción editorial: M. Carme Rius

ISBN (obra completa): 84-345-1259-9
ISBN (volumen): 84-345-1273-4
Depósito legal: NA-216-2004

Impreso por Gráficas Estella, S.A.
Printed in Spain

m

de Marta

—Mamá, ¿para qué sirve una **m**? —pregunta Marta.

—La **m** sirve para escribir palabras como Marta o Mario, o **mago** y **moto**.

—¡Y también **mamá**! —añade Marta.

Marta se duerme. En su sueño, una **maga** le **murmura** al oído:
—¡Hola, Marta, tengo una sorpresa para ti!

Con un **movimiento** de su varita **mágica**, la **maga** hace aparecer una **magnífica** **moto** de color **mandarina**.

—¿Puedo **montar** en ella? —pregunta Marta.

—¡Claro! —responde la **maga**—. Te va a llevar al tiovivo mágico.

Marta monta en la moto.
"¡Rrrm, rrrm!", hace el motor.

La moto llega al tiovivo mágico.
—¡Bienvenida! —dice Mauro, el marinero—. ¡Yo soy aquí el mandamás!

—Te presento a Mimí, la **marmota**, y a nuestra **mejor** amiga, Martina, la **morsa** —dice Mauro.

La **morsa** **mantiene**
una pelota sobre la nariz.
Las dos forman parte
del tiovivo.

—Pronto se detendrá y podrás **montar** —dice Mauro, el **marinero**. Marta está **muy** contenta.

Marta se monta en la marmota Mimí. El tiovivo empieza a moverse, mientras la música suena.

Es Mauro, el **marinero**, quien toca la **mandolina**. Mimí, la **marmota**, sube y baja.

—¡Vamos a jugar con la pelota! —dice la **morsa**—. Te la **mando** con el **morro**. Y Marta atrapa la pelota.

Alrededor del tiovivo, crecen maravillosas flores. Son margaritas. De repente...

¡Patapum!
Jugando, Marta cae
sobre las margaritas.

—¡Uf! ¡Menos **mal** que no te has hecho daño! Te has ganado una **medalla** de chocolate por el **miedo** que has pasado —dice la **marmota**.

—¡Ahora intenta atrapar mi madroño mágico! —dice Mauro, el marinero.

El madroño se mueve mucho. Marta no consigue atraparlo con las manos.

—¡Mira que te lo dije, Marta!
—grita Mauro.
—¡Lo tengo! —dice Marta.
—¡Bravo! —gritan todos.
Marta oye la voz
de la maga.

—Marta, es el **momento**
de regresar.
—¡Hasta pronto, amigos **míos**!
—se despide Marta.
La **marmota** agita,
emocionada, un pañuelo.

Por la mañana, Marta se despierta con una margarita en la mano.

—¡Mamá, mira qué traigo para ti!

—¡Oh, qué maravilla! —exclama mamá—. ¡Muchas gracias, tesoro mío!

Otras palabras

Mar

Manzana

Martillo

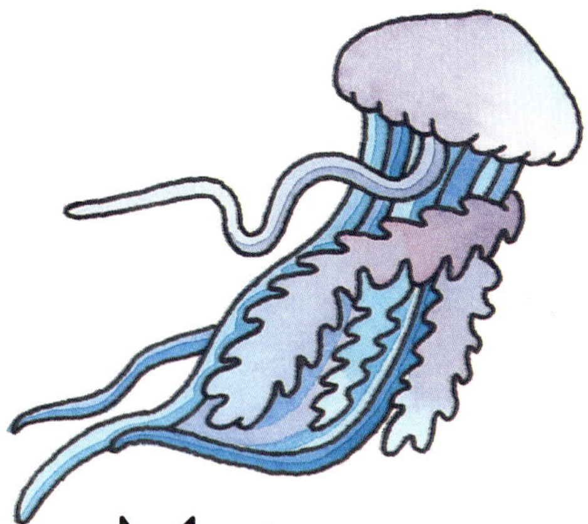

Medusa

con m de Marta

Moras

Miel

Mosca

Mantel

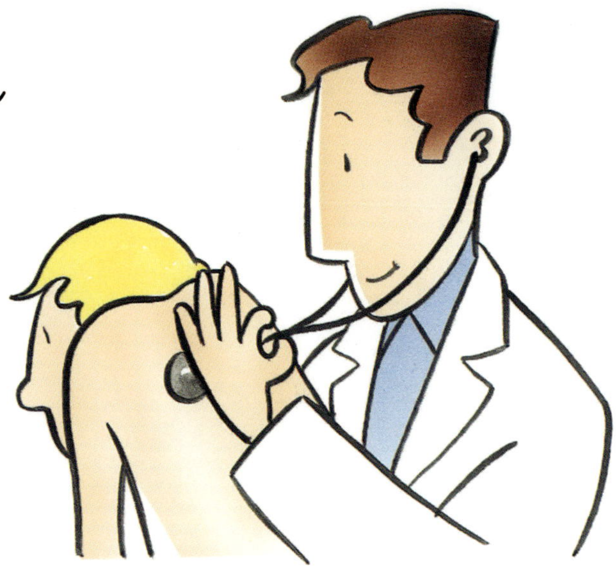

Médico